武夷山水茶

邵克萍

上海書店 出版社

SHANGHAI BOOKSTORE PUBLISHING HOUSE

邵克萍

武夷山水茶

白桦

著名版画家杨可扬为本书再版题词

本书原版封面

武夷山在福建崇安縣南二十里，與江西鉛山一溪之隔，鉛建（鉛山至建陽）公路經此，不但以風景秀麗奇偉，著聞東南，且以出產「岩茶一」，譽馳海外。

西湖以水勝，黃山以山勝，武夷則以山水雙勝。武夷風景有所謂「三三六一」「三三六九，即是九曲溪，六六三十六，即是峰岩）漾酒井間，飛翠流丹，諭曲怡情悅性。自六朝乃至唐而宋，因朱嘉講學八曲溪畔之武夷精舍，更爲名山生色不少。

嗚，山中谷底澗邊，遍是茶荈，香高味厚，品質優異。唐代中葉以後，已爲士大夫階級所實賞，宋元兩代，充貢爲實品，迄於明代，設官培焙，一時鼎盛，幸明李給諫。良以曲溪畔有「御茶園」之開闢，故明李給諫「山中土氣宜茶」，迄今岩茶之名，依然爲人口，岂非偶然。岩茶中有所謂「單欉之勝」，「品具骨花香之勝」一案，爲優秀之茶欉，所植值一。二本，故尤爲名貴。

三十二年秋，茶葉研究所爲發揚名山名茶起見，有「武夷山的茶與風景」一書之編印，由陳舜年命庸器二兄主其事，余爲從傍協助，稿成後，覺不可無圖以雪畫影，得野夫兄入山實遊，作寫生靈多幅，付諸木剌。菭舜兄因另出版，題爲「武夷的山·水·茶」，圖多，未能懸爲序，並於各圖略加說明以作介紹，欣然從之。而復自忘其不文，余家百官，同生長於濱海之鄉，今以戰時職業關係，萍踪偶合，同來武夷山麓，且因圖繪名山，有此一段巧遇，亦足快生平。余素性愛靈，簡不陰靈。於木剌所不能已於言者：譽選趣取，木剌像所得有不能已於言者，與到秀勁，今以套數付印，更覺美妙而動人，村，獨具匠心。光旋刀觸，讀者未必有同感否？

本冊共收圖十二幅，武夷精華，已熏在此，而於茶事方面，計有「御茶園故址」及名欉「大紅袍」三幅，合山水茶於一集，當足供臥遊，紙上名欉，將爲香齋齒頰賦，足露名山名茶矣，讀者手此一篇，於實臨蒙德作品之外，電覽山水，當

三十三年三月八日葉作舟寫於茶葉研究所企山茶場

本书原版序言和目录

目录

原序

叶作舟

武夷山在福建崇安县南二十里，与赤石镇仅一溪之隔，铅建（铅山至建阳）公路经此，不但以风景秀丽奇伟著闻东南，且以出产"岩茶"誉驰海外。

西湖以水胜，黄山以山胜，武夷则以山水兼胜。

武夷风景有所谓"三三六六"者，三三为九，即是九曲溪；六六三十六，即是全山百余峰岩中景色特著之三十六峰岩。峭壁危岩，岭崎突兀，清溪曲曲，萦洄其间，飞壁流丹，濯足怡情而悦性。自六朝历唐而宋，因朱熹讲学五曲溪畔之武夷精舍，自后名贤学士游履接踵，俯仰咏叹，寄情篇什，更为名山生色不少。

山中谷底涧边，遍是茶苑，香高味厚，品质优异。唐代中叶以后，已为士大夫阶级所赏识；宋元两代，且曾作为贡品，元至德间，并于四曲溪畔有"御茶园"之开辟，设官焙茶，一时称盛，至明季始废。良以"山中土气宜茶"，故"品具岩骨花香之胜"，迄今岩茶之名，依然脍炙人口，自非偶然。岩茶中有所谓"单丛"者，为优秀之茶树，所植仅一二本，故尤为名贵。

三十二年（1943年）秋，茶叶研究所为发扬名山名茶起见，有《武夷山的茶与风景》一书之编印，由陈舜年、俞庸器二兄主其事，余为从旁协助。稿成后，觉不可无图以为表彰，得野夫兄之介，因乞邵克萍兄入山重游，作写生画多幅，付诸木刻。兹书已出版，图多未能全容，克萍兄因另出画集，题为《武夷的山、水、茶》，嘱写数语为序，并于各图略加说明以作介绍，欣然从之，而竟自忘其不文。

克萍兄籍镇海，余家百官，同生长于滨海之乡，今以战时职业关系，萍踪偶合，同来武夷山麓，且因图绘名山，有此一段巧遇，亦足快生平。余素性爱画而不识画，于木刻亦然。克萍兄所作木刻画，识者自知之，自无待门外汉再作费辞，弟印象所得有不能已于言者：觉选题取材，独具匠心，光度刀触，匀到秀劲，今以套色付印，更觉美妙而动人，读者未悉有同感否？

本册共收图十二幅，武夷精华已尽在此。而于茶事方面，计有"御茶园故址"、"梯式茶园"及"名丛大红袍"三幅，合山水茶于一集，足为名山名茶寿。读者手此一篇，于赏鉴艺术作品之外，画里山水，当足供卧游；纸上名丛，将为香生齿颊欤。

三十三年（1944年）三月八日

写于茶叶研究所企山茶场

新序

郑春

武夷山是一方历史的沃土、文化的富矿，它时常给你收获的惊喜和精神的滋养，这一次也不例外。当我搜寻到抗战时期木刻运动在武夷山的史料后，兴奋不已，虽然只有文字的片断，反映当年火热革命生活和艺术教育内容的资料很少，但还是按捺不住这一喜悦。鲁迅先生开创的新兴版画运动的源头在上海，我首先想到的是要把这一喜悦与在上海的龚云表老师分享，因为要完成后续的工作，非龚老师莫属。电话中龚老师表现出浓厚的兴趣，说这是一件十分有意义、具有文化历史价值的事。很快，他在一周后约上海大学美术学院教授、版画家徐龙宝老师一起拜访了老版画家杨可扬、邵克萍，得到了他们的倾力支持。龚老师把第一次采访的情况发给我，我才知道采访杨可扬先生还是在上海第六人民医院干部病房里完成的。正是有了这第一手资料，增添了我们的信心，并着手《武夷山水茶》的编辑出版工作。

《武夷山水茶》原名《武夷的山、水、茶》，这本木刻画册在抗战时期出版，对于武夷山文化增加了一个新的宝藏；对于红色胜地武夷山，又增添了一个精彩的华章。绵延伟峻的武夷山脉历来是阻隔纷争战乱的屏障，造就了崇山峻岭宁安的崇安。自唐始，中原贤士文人避战祸而游历于这一方净土，文脉渐兴；宋元时鼎盛，武夷山记载了大儒朱熹孕育理学，词宗柳永成长以及李商隐、范仲淹、陆游、徐霞客的足迹。木刻家郑野夫先生创办的"中国木刻用品供给合作社（工厂）"从浙江丽水辗转江西上饶，于1942年迁至崇安赤石，一群爱国热血青年在一间简陋的旧屋内，在极其艰苦的条件下，办起了木刻作坊，开始了宣传抗日、开启民智、培养青年的工作。他们用武夷山资源丰富的茶木做刀柄，制作木刻刀，提供给全国各地的木刻青年；组织木刻创作辅导，创作出大量形象、生动、便于复制流传的版画，扩大了抗战宣传。在赤石期间，他们编写了《新艺丛书》；《给初学木刻者》，为木刻青年提供创作帮助；《鲁迅与木刻》，介绍了鲁迅对木刻艺术的倡导扶持；《活页画帖》，收集了前苏联版画和国内优秀木刻作品等。他们利用版画，还开展了武夷山水茶、卫生健康知识的宣传，创作出版了《武夷的山、水、茶》、《民族健康》等宣传画册。不定期出版《木刻艺术》和《木合》杂志，反映战时木刻运动信息动态，并在全国各地举办流动展览。1946年，"木合厂"迁往新兴木刻运动的发源地上海。

武夷山有幸作为抗战木刻运动的重镇，载入中国版画史册。抗战时期，一批革命青年为唤起民众，以木刻为武器，树旌旗、擂战鼓，催生新中国的曙光。需要特别缅怀记录的是，在赤石这块红色土地上，新四军流动宣传队成员、青年版画家林夫先生，因皖南事变被囚于上饶集中营，1942年6月在赤石暴动中壮烈牺牲。先驱高举的革命火炬，照耀着武夷山这片红色的土地。

碧水丹山的武夷山，以"山、水、茶"闻名于世，现已是"世界文化与自然遗产"地，在那抗战救亡的年代，老一辈艺术工作者在用木刻武器战斗的同时，倾注了他们对祖国山河的热爱，对人民的赤诚之心，他们关注民族健康，宣传武夷的山、水、茶，这种革命情怀和人文意识尤其难能可贵。《武夷山水茶》是一本介绍武夷山风景和茶的作品集，此次重印出版，既体现其历史文献价值，同时也是为了让更多人了解武夷山这一风景名胜、历史名城和武夷名茶。

感谢老版画家邵克萍、杨可扬先生！

向在"文革"中受害的版画前辈郑野夫先生致敬！

向在赤石暴动中壮烈牺牲的革命先辈、版画家林夫先生致敬！

2008年5月于武夷山

本书新序手稿

图版

大王峰

（木刻原作遗失，改以绘画补充）

原大

1943年

大王峰与幔亭峰相连，位于武夷宫右侧，由九曲溪入武夷，此为第一峰。巍然雄踞，拔地数百丈，矗立云表，亦名天柱峰。其麓稍陂陀，至峰腰则绝壁陡起，四面如削，下敛而上侈。清王复礼诗云："大王久已独称尊，一柱擎天万古存；三十六峰皆拱向，周遭罗列似儿孙。"当可想见其形势之雄壮。顶上有岩洞豪池之实，相传魏王子骞与张湛辈十三人辟谷于此。

登大王峰之径路有二：一在止止庵后，一在武夷宫侧。山半有悬梯数层，颇险峻；但及峰顶，则乔木葱茏，参天蔽日，俯视溪流如带，村舍如棋，又别有奇境矣。

玉女峰

套色木刻（原作损坏，曾作修改）

原大

1943年

玉女峰亭亭玉立于二曲溪畔，高数十仞，峭拔秀丽，为武夷山诸峰第一。上稍侈，中腰以下渐瘦削，顶有山花杂树，参簇如鬟髻状。后有两石，陡起峻立，如随行侍女，亦楚楚多姿。波光如镜，倒影入水，真有"分明玉女镜中看"之观。

历代武夷题咏，玉女峰独多。宋朱熹于九曲棹歌中，有句云："二曲亭亭玉女峰，插花临水为谁容？道人不复阳台梦，兴入前山翠几重。"此外艳丽之作，代不乏人。玉女峰与大王峰隔溪相对，晨夕顾盼，似另添一种情趣。

天游峰

套色木刻

原大

1943年

天游峰在六曲溪北，仙掌峰居其北，仙游峰居其东，三峰下合，及顶始分。高峰秀拔，景色奇伟，为全山第一。九曲溪岩游龙夭矫，蟠绕山中，隐屏接笋诸峰骈立于前，葱翠连天。星村一带，烟树满川，登高一望，尽在眼底。

峰顶昔有天游观，宋道士刘碧云张希仿建，今筑有中山堂，富丽堂皇。前有草地一坪，植有仙人掌，树高达丈；峰后有一山冈，即妙高台，现建有小洋房一座，精致可爱。武夷三三六六之胜，精华在是。

文公祠

套色木刻
原大
1943年

文公祠一名武夷精舍，又名紫阳书院，在五曲隐屏峰下。朱熹卜筑讲学于此凡十年，史贻直于武夷山志序云："……及朱子开紫阳书院，诸大儒云从星拱，流风相继，迄元明以至于今（清乾隆间），而闽学集濂洛关之大成，则皆讲学于此者，而山之名遂甲于天下。"武夷山与理学有甚深渊源，其名益彰，良有以也。

祠宇屡经兴废，昔时亭馆，多已无可考见。今所构精舍，朱漆焕然，为近年新加修建者。

天心岩永乐禅寺

套色木刻

原大

1943年

永乐禅寺，在天心峰下，昔名天心庵，今通称天心寺。武夷全山百二十里，天心峰适居中央，若天之枢极，故名。

寺院雄大，佛殿壮严，暮鼓晨钟，声应空谷。寺前有茂树修竹，蓊郁苍翠，沙田槿篱，禾黍环匝。坐前轩，凭栏可远眺磊石、马头诸岩。寺产名茶"大红袍"，品题山中第一。

武夷山乏游客食宿地，天心寺位山中交通中枢，僧舍广大，欲在山稍作勾留者，多下榻于此。天心月圆，与山僧共话禅机，亦是一乐。

流香涧

套色木刻

原大

1943年

流香涧源出三仰峰北谷中，其流背溪而北，旧名倒水坑。涧边多生石菖蒲，凉翠透衣，香气氤氲，故名流香涧。其迳两岩夹立，曲折蜿蜒，非中午不见日色，故又名清凉峡。

武夷山景色，壮观当推天游，幽奇实惟流香涧，可称两绝。清僧衍操咏流香涧诗云："沿村行数里，入谷便闻兰；坠叶浮深涧，飞花逐急湍。岚光侵杖湿，苔色入衣寒；欲试清泉味，烹茶坐石盘。"可谓已领会得涧中真味。

水帘洞

套色木刻
原大
1943年

水帘洞一名唐曜洞天，在自桂林岩入慧苑道中。石壁广数十丈，高亦相仿佛，斜覆为厅，中构祠宇数处。顶有水，曰珠泉，自上泻下，随风飘洒，状如珠帘，注入岩下池中。当宿雨初霁，日光掩映，水珠霏霏，幻为奇观，尤称绝景。明樊献科诗云："绝壁飞泉挂白龙，一帘风送玉玲珑。"又清冯柱雄诗云："千丝不断摇珠箔，匹练长悬泻镜湖。"均为写实之作。然天日晴好稍久，水泉亦即干涸。

鹰嘴岩

套色木刻（原作损坏，曾作修改）

原大

1943年

清董天工辑武夷山志，于总志篇列举武夷全山凡峰四十九，岩八十七，鹰嘴岩为其一。注云："山北北迳"，盖以示岩所在，余无为考。

按志书所谓"山北"，系指武夷山中部及北部诸峰岩而言，鹰嘴岩位于中部玉柱峰前，火焰峰后，自赤石入武夷，经桂林岩，即了然在望。峻峭秀拔，超逸群峰，顶有石突出，如巨鹰之嘴，故名。岩仅止于远眺，樵夫牧子外，游者不至。

兰谷岩

套色木刻

原大

1943年

兰谷岩，武夷山志未载及，或别有其名，亦未可知。是岩位于杜辖岩后，入天心途中。左侧削壁相连，如城垣逶迤，上有石刻数处；右侧高峰叠起，苍翠扑人；中有涧水，终岁可闻瀢瀢声。

名丛"水金龟"为本岩茶厂所有，树三株，丛生一处。主干十余本，皮色灰白，枝条弯曲，绿叶扶疏，状若披蓑垂钓老翁。

御茶园故址

套色木刻（原作损坏，曾作修改）

原大

1943年

元御茶园故址，在今四曲溪南。

明徐燉茶考云："武夷之茶，前宋亦有知之者，第未盛耳。元大德间，浙江行省平章高兴，始采制充贡。创御茶园于四曲，建第一春殿、清神堂，焙芳、浮光、燕宾、宜客四亭。门曰仁风，并曰通仙；桥曰碧云，国朝寝废为民居，惟喊山亭犹存。"当日盛况，跃然纸上。然及明季，已渐荒芜。而自是迄今，又近四百年，今者筏过四曲，或于庆云岩上俯瞰故址，旧时亭台，已无复存，但见一片蔓草荒烟，寂寂长年，即残碑断碣，亦欲觅无从矣。

梯式茶园

套色木刻

原大

1943年

武夷峰岩起伏，茶树多植于溪畔涧边。开辟茶园，殊非易事，必须砌石为阶，移土为畦，筑成梯式茶园，以防水流之冲刷。故不仅建筑时工程浩大，且经常培土补石，年亦须巨款。

梯式茶园规模之大小，因地而异。谷间低区，坡度缓者，往往规模整饬；岩下陡坡，倾斜急者，则多错落星散，然要皆壮严而美丽。吾人一入武夷，此类茶园，触目尽是。其在水帘洞、霞宾岩等地者，层层叠叠，如玉栏拥翠，尤为可观。

名丛 "大红袍"

（木刻原作遗失，改以绘画补充）

原大

1943年

大红袍为名丛中之最著耸誉者，生于离天心岩三里许之九龙巢内，属永乐禅寺所有。寺僧因恐游人任意采摘，每不肯以真品示人。采摘时有极繁重之仪式，制造亦甚为讲究。成茶香味馥郁，异于凡品，然每年产量不过半斤左右，往往为达官贵人竞先购去，一般人仅能闻名而已。因此，"大红袍"之所以脍炙人口，固由其品质优异，而实亦具有神秘趣味。

"大红袍"有谓因猴子穿红衣采摘而得名，然证以实际，采摘并不需要猴子，可知仅为一种传说，事属无据者。

文献

武夷山欢迎您

邵克萍

套色木刻

1943年

农村小景

邵克萍

木刻

1942年于赤石

抗战归来

邵克萍

套色木刻

1943年

编者按

由鲁迅先生倡导发起的新兴版画运动，随着抗日战争的爆发，进入了一个新的历史发展时期。木刻家们为了国家和民族的存亡，自觉地以艺术为武器，将木刻作为宣传工具，去唤起群众，投入抗战救亡的斗争。由于时处战乱，环境艰险，活跃在全国各地的木刻运动，带有明显的群体性和灵活性，表现出坚忍不拔的品格和顽强拼搏的意志。木刻家们无论走到哪里，都紧攥手中的木刻刀，全身心开展木刻运动，投身于汹涌澎湃的抗战洪流，与广大民众共同谱写出一部可歌可泣的历史。其中，以崇安城（今武夷山市）赤石镇为中心的闽北木刻运动，就是这部历史中光彩夺目的一页。

最初为福建木刻运动播下火种的是新兴版画运动的优秀木刻家胡一川，他在抗战前夕即已在福建组织木刻研究会，出版木刻画刊。抗战爆发后他远赴延安，木刻运动由宋秉恒、陈庭诗、荒烟、萨一佛等在闽北地区蓬勃开展，正式组织了"中华全国木刻界抗敌协会福建分会"。1942年夏，由木刻家郑野夫主持的"中国木刻用品供给合作社"（简称"木合社"，后更名为"中国木刻用品工厂"）从江西上饶迁至闽北崇安，与先后到达的木刻家邵克萍、杨可扬等人通力合作，一直战斗到1946年。

赤石的木刻运动是在战争年代物资极度匮乏的条件下展开的，但是即使如此，木刻运动仍然搞得轰轰烈烈、丰富多彩、有声有色。木刻家们利用武夷山区丰富的茶木资源，就地取材，通过"木合厂"组织生产大量的木刻刀具，供给全国各地的木刻爱好者，创作作品，宣传抗日救国；举办木刻函授班，在东南、西南诸省广征学员，传授木刻技艺，大力培育木刻新秀；频繁举办各种形式的木刻作品展览，使闽北及全国各地的木刻创作成果得到充分的体现；采用木刻作品直接上机印刷的方法，出版了

郑野夫

凯旋

木刻

《木合》、《木刻艺术》、《新艺丛书》等许多种木刻画刊。不仅如此，他们还以极其高涨的抗战热情，与当地的爱国青年一起，组织了"武夷画室"和"武夷歌咏队"；配合当时因战乱移驻在武夷山的一些机构，创作木刻插图，出版宣传画册，例如：邵克萍为中国茶叶研究所出版的《武夷山的风景与茶叶》一书，创作了十二幅精美的木刻插图；杨可扬为武夷山合作医院的卫生宣传，创作了二十几幅题为《民族健康》的木刻组画。在这期间出版的《武夷的山、水、茶》木刻作品集，就是在《武夷山的风景与茶叶》一书的基础上出版的。

从1942年夏至1946年初，在近四年的时间里，处于闽北山区的赤石镇，成为中国新兴版画运动在新的历史时期的一个缩影。木刻运动紧紧围绕着抗战救亡的形势，在赤石如火如荼地展开。这里收录的四篇文章，是当年战斗在福建赤石，积极从事抗战木刻运动的邵克萍和杨可扬两位老版画家，在近年来从不同侧面对那段难忘的激情岁月的回忆文字，具有很高的文献价值。

特别应该提及的是，崇安城赤石镇在中国现代革命历史上，曾经留下了悲壮的篇章。1942年6月17日，皖南事变中被俘囚禁在上饶集中营中的七百余名新四军将士和爱国志士，被押解到崇安县赤石镇，集中营第六中队成功举行了震动全国的赤石暴动。在这次暴动中英勇战斗、最后中弹牺牲的数十名革命烈士中，就有当年在闽浙革命根据地新四军流动宣传队工作的版画家林夫。就是这位毕业于上海美术专科学校、富有牺牲精神的青年版画家，在上世纪三十年代就已投身于鲁迅先生亲手竖起的新兴版画运动的大纛下，他的作品曾参加了在1936年7月举办的"第二回全国木刻流动展"。当展览在

林夫

全国抗战

木刻

10月2日至8日移至上海基督教青年会展出时，鲁迅先生在最后一天扶病前往观看，并且与在场的林夫和陈烟桥、曹白、黄新波、吴渤等青年版画家亲切座谈，就木刻创作发表了精辟的意见，此时离鲁迅先生逝世仅仅只有二十天。

鲁迅先生对于倡导新兴版画运动，曾经说过如下两句至关重要的话。其一，是"当革命之时，版画之用最广，虽极匆忙，顷刻能办"；其二，是他认为木刻"是正合于现代中国的一种艺术"。如果说，鲁迅先生是中国现代版画的奠基人，那么，包括赤石木刻运动中的郑野夫、林夫、邵克萍、杨可扬等在内的为数众多的版画家，则是继承并弘扬鲁迅精神、开创中国现代版画事业的先锋战士。

2008年5月

1936年10月8日，在上海基督教青年会"第二回全国木刻流动展"会场，
鲁迅先生与林夫（左二）等青年木刻家座谈

赤石镇距崇安城（今武夷山市）7公里，曾经是武夷地
区茶庄的集中地和全国最高茶叶研究机构所在地

赤石渡口是当年武夷山的交通枢纽

赤石街巷

赤石暴动纪念碑

赤石暴動，發生於一九四二年六月十七日。本碑鐫記的七十三位革命烈士，係赤石暴動前後（一九四二年六月十六日至六月二十三日）在崇安境內慘遭國民黨頑固派殺害的新四軍指戰員和愛國志士。

周奎麟　林夫　汪企求（女）　肖正綱　李平　白塔　王鐵夫　王之燕

周楚欽　林開鳳　沈鐘　何永雄　李捷（女）　白雲　方允熙　王仁

胡正林　金樹森　沈韜　邱影　李成峰　朱平（女）　史進　王造時

镌刻着林夫烈士英名的赤石暴动纪念碑文

为开展木刻运动做些实事

邵克萍

1940年，我在浙江的《民族日报》担任美术编辑，报社设在天目山麓於潜县的鹤村。当地没有发电设备，用手摇印刷机印刷这张四开单张的小型日报。我的主要工作是为新闻报道和副刊刻插图、报头，为抗日救亡宣传工作投入一分力量。浙江地区不能制作铜锌版，图版全靠木刻原版上机印刷。为适应战时的物质条件，我就一边学习一边工作，拿起了木刻刀。

当时省会杭州已被日军占领，对敌斗争非常尖锐。报头旁一小块方寸之地，是配合时事宣传的木刻阵地，报社要求刻得及时，倒不苛求精致。有一次俘虏了一个下乡找"花姑娘"的日本鬼子，我去写生，刻成木刻，配合新闻报道一起发表；平时常为副刊"实生活"做版面装饰和文章插图。在稿源十分困难的情况下，还曾出版过一期画刊。1941年春，报社迁至天目山，扩版为四开两张。不料在4月15日遭敌机轰炸，报社和宿舍全毁，一年中制作的粗浅的早期木刻七十余幅，除送给朋友的一幅《战时运输队》得以保存外，其他全毁于战火。这是我第一次亲身经历日本鬼子的轰炸，虽来势很凶，幸躲避迅速没有人员伤亡。第二次遭日机狂轰滥炸是1942年鬼子进攻浙赣线之时，我和妻儿从上饶撤离的时候，日本飞机如入无人之境呼啸而过，炸弹的爆炸，机枪的扫射，遭灾伤亡的同胞，惨不忍睹，血债深仇难以忘却。后来我曾忆刻了《不忘这一幕，牢记侵略史》木刻传单，回顾当时我抱着儿子，背负衣物；妻子领着女儿，日机袭来时急忙抱着女儿奔躲。此情此景，记忆犹新，怵目惊心。

江西上饶是浙赣线上的重镇，敌机常来轰炸或飞行威胁。我在报社被炸停刊后来到上饶，认识了担任漫画宣传队队长的张乐平和在全国合作社物品供销处东南分处工作的木刻家郑野夫，使我在艺术天地里扩

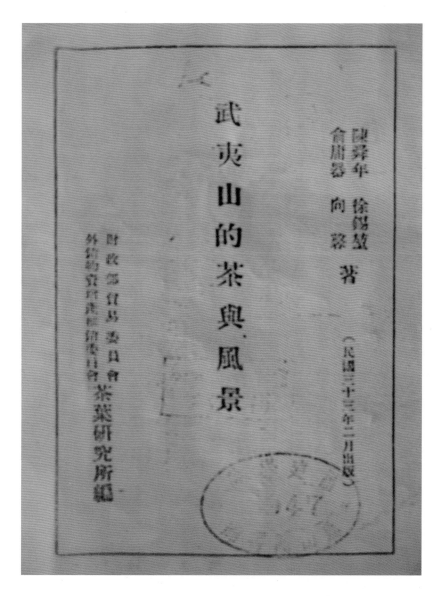

一九四四年，由中国茶叶研究所编著出版
的《武夷山的茶与风景》一书的封面

大了视野。还和乐平同志合作过漫画木刻，他画我刻，以便发表。野夫同志已把生产木刻刀的木刻用品合作工厂（以下简称"木合厂"）因在浙江丽水遭敌机轰炸洗劫而迁来上饶，因而有缘相识。我初到上饶，发现当地人迷信招魂治病，创作了反对迷信主张科学医病的木刻《来归啊！》，在《前线日报》发表后被当地江西省第六中心卫生院聘去担任卫生宣传工作，直到1942年浙赣线战事发生，野夫为主经营的"木合厂"又从上饶迁往福建崇安赤石，要我同去赤石，为开展木刻运动做些实际工作，我感到这工作比卫生宣传更为重要，就欣然接受。赤石沿着崇溪形成一条街道，有些小店小铺是每逢墟日才有农副产品出售的小镇。地处武夷山下，风景优美，又有公路通达，于是东南分处所属的生产毛巾、肥皂、香烟的工厂就在此落脚，我们"木合厂"也在一间旧房里重新建立起来。名为工厂，实际上只有三个铁工，两个木工，两个学木工又学铁工的青工，会计是兼任的，我和另一个同志负责生产和业务研究，野夫是厂长，后来他调去担任印刷厂的厂长。镇上没有电灯，夜间行路靠燃烧竹白片做照明，家庭里只点昏暗的桐油灯（后来才有煤油灯）。客观环境就要我们日出而作，日落而息，过着原始的生活。就是在这种环境下，我们和铁工们研究木刻刀的质量和使用功能，又利用当地纤维细密的茶木做刀柄，生产出大量精巧的木刻刀和配有拓印工具的木刻箱。通过邮局供应全国邮递可以通达的广阔天地，希望让"旌旗蔽空的大队"拿起木刻刀，壮大抗战救亡阵营的战斗力。那些购买刀具的青年，常给我们来信，问这问那，还寄来他们的习作，期望指导。我们抓住这个机缘给予热情的回信，又鼓励，又指点，既回答也发问，激励其学习，欢迎其通信。野夫在印刷厂的工作虽忙，也经常抽出时间来和我研究来信和作品，还提出他的见解，由我执笔写出复信。他对指导木刻青年很有经验，有时发现颇有才华的对象，更有兴趣详细分析其作品，据黄永玉在1982年第二期《文汇》月刊上为纪念野夫而写的《迟到的追念》

邵克萍
生产木刻刀的工场
木刻
1943年

一文中写道："……收到他（野夫）和邵克萍同志寄来的一封很诚恳的长信，把我寄去整整一大卷木刻每一幅都提出详细的意见。我又高兴而又感到自尊心受到从未有过的伤害，我觉得太不客气了，为什么这么不留余地？应该先说很多好处嘛！我已经不是小孩了，我已十七八岁了……这封由两个人具名的长信，对我以后的木刻创作，知道原来刻木刻之前要考虑那么多问题，准备那么多工作，起着一生的重要作用。今天想来，他们真是耐烦，每天在通信中要对付多少个像我那样不驯的孩子。"1994年第11期《美术》在《学人画家曾景初》一文中写到在抗日战争时期，他向浙江丽水"木合厂"购买木刻刀，工厂寄来了刀子和几份《木合》和《木刻艺术》。后来他把自己的习作寄去，有一幅《牧》被刊登在《木合》上，从此每刻每寄，而每寄总有回音。后来得知给他复信的是郑野夫、邵克萍、杨可扬等人，他们没有冷淡这湖南偏僻山村的青年人热爱艺术之心，把他吸引到木刻艺术的门径。在抗日战争期间就从事木刻创作，而后专攻美术理论的程至的同志回忆"木合厂"在福建时送他一块木刻板并和他通讯，"使我走上木刻艺术的道路，一辈子也忘不了。"

给木刻作者写回信，三言两语不行，写长信又很费时间，我们决定合作编写一本通俗易懂的技法书。正好杨可扬同志于1944年从浙江来"木合厂"工作，于是由野夫负责供给资料和校订，克萍负责选刻插图和封面，可扬执笔写成《给初学木刻者》，出版后供初学者作参考。同时，"木合厂"还由杨可扬主持出版了一套《新艺丛书》，其中有陈烟桥的《鲁迅与木刻》，唐英伟的《中国现代木刻史》，杨可扬的《新艺散谈》，野夫的《中国合作运动史木刻画集》，宋秉恒的《木刻小品》，安怀的《民族健康》，克萍的《武夷的山、水、茶》以及漫画集《爱与憎》、《万象集》；

由王琦同志从重庆寄来一组苏联版画的锌版,部分用于木刻协会的会刊《木刻艺术》外,我们还以最好的纸张印出一套《苏联版画》活页画帖,深受读者喜爱。这些丛书的出版,是与野夫不顾一切困难担任起印刷厂厂长而提供印刷条件分不开的。战时讯息传递困难,"木合厂"又恢复编印以通讯报道为主的不定期刊《木合》,分赠社员和木刻工作者,又为"全木协"复刊会刊《木刻艺术》,以便讨论木刻理论,交流各地情况。

1943年至1945年上半年,世界反法西斯战争形势发展得很快。在欧洲战场,苏联军队取得斯大林格勒战役胜利后,转入全面反攻,把战争推进到德国本土及占领区;在亚洲和太平洋战场,美国在太平洋发起进攻,向日占区推进。中国共产党领导的敌后抗战在度过1941年至1942年最艰难时期后进入再发展时期。日军在闽北地区的轰炸、飞行威胁渐渐少了。我们不必为空袭警报而受干扰,在工作之余,还能探索自己的木刻创作。在故乡看到缺腿断臂的抗日战士受到家庭和社会的爱护和尊重,于1943年刻成套色木刻《抗战归来》,又把"木合厂"的生产工场搬上画面,刻成《生产木刻刀的工场》。当时农业生产和农村生活也逐步趋向暂时稳定,人民群众中一种日本鬼子就要被赶走,抗战就要胜利的情绪日渐上升。我创作的《农村小景》和《奶奶也在搞生产》就是生活的一个侧面。《抗战归来》入选《活页画帖》,其余发表于《木合》和报刊。这些作品都因原版上机印刷,被土产纸上的杂质把版面弄得面目全非了。

1944年,敌人从福州撤退,可扬、克萍、吴彭年携带从全国各地收集来的木刻作品去福州、南平流动展览,朱鸣冈同行,并有他的作品参加展出。

1945年,日本帝国主义宣布无条件投降,艰苦卓绝的八年抗战终于胜利,世界反法西斯战争也胜利结束,万众欢腾,举国同庆。我们"木合厂"的职工高举用竹白做的火把,参加了赤石举办的抗战胜利大游行。随后积极准备迁移到上海,但战后交通恢复缓慢,直到1946年5月才到上海(大名路65号三楼),恢复生产,刻意经营,艰苦坚持到四十年代末。期间还配合"全木协"筹办两期全国性的木刻函授班,编印讲义,通信联络,使木刻工具和参考书的供应与培育新人联系起来,开展木刻运动。

1995年5月于上海

艰苦创业的《新艺丛书》
—— 怀念野夫同志

邵克萍

进入抗日战争的第5个年头，日本侵略军在1942年的夏季疯狂地沿浙赣铁路线由东向西猛攻。原先宣布坚守阵地的军队纷纷败退。于是才从浙江迁到江西上饶不久的"全国合作社物品供销处东南分处"和所属的工厂，不得不又急忙翻越险峻的分水岭转移到闽北武夷山的赤石镇。木刻家郑野夫主持的东南木刻用品合作工厂也随着挤到这个镇上的一所破旧的民房里，重整旗鼓，开炉制刀。名为工厂，实际上仅有六、七个铁木工，厂长野夫是在东南分处辅导科任职取薪兼顾厂务的，会计也是兼职。而这里生产的木刻刀具却通过邮寄，供应着邮路尚能通达的全国各地，为木刻运动的开展贡献一份力量。

我原在上饶第六中心卫生院担任美术宣传，这年冬季应野夫之邀到了赤石镇，也在东南分处辅导科供职取薪，业余辅助木合厂工作。由于木刻用品的供应，必然引来与木刻青年的通信并承担作品指导，我们两人经常利用业余时间研究作品，答复来信。有时发现很有水平的作品和很有希望的作者，两人往往共商复信内容要点，由我执笔寄发。黄永玉在1982年第2期《文汇》月刊上发表的《迟到的追念》一文中写道："收到他（野夫）和邵克萍同志寄来的一封很诚恳的长信，把我寄去整整一大卷木刻每一幅都提出详细的意见。我又高兴而又感到自尊心受到从未有过的伤害，我觉得太不客气了，为什么这么不留余地？应该先说很多好处嘛！我已经不是小孩了，我已十七八岁了……这封由两个人具名的长信，对我以后的木刻创作，知道原来刻木刻之前要考虑那么多问题，准备那么多工作，起着一生的重要作用。今天想来，他们真是耐烦，每天在通信中要对付多少个像我那样不驯的孩子。"

正如黄永玉所说，复长信是很费精力与时间的，难以持久，于是考虑编印便于自学的技法书和参考

"木合厂"炉工车间

书。这时正好东南分处选派郑野夫担任东南合作印刷厂厂长，印刷业务不是郑的擅长，但他考虑到可以利用印刷这个有利条件出版木刻书刊，他便欣然承诺，并与我商量辞去东南分处的工作，专职在木合厂负责生产与研究业务。到了1944年4月，杨可扬也从浙江来到赤石，共同主持"木合厂"，并负责编辑设想已久的《新艺丛书》等工作。

首先提上议事日程的是恢复出版《木刻艺术》期刊。1941年9月曾在浙江丽水的"木合社"编辑出版过一份16开本的《木刻艺术》，原定为双月刊，后因敌机轰炸，已经编好发稿的第二期原稿全被炸毁，再加上经济问题而被迫停顿。在赤石总算有点条件了，于是在1943年12月经野夫的努力，由他主持的东南合作印刷厂承担印刷任务，出版了第2期。这一期主要内容有郭沫若的《敬致木刻工作者》的信，在肯定木刻"对抗战，对社会都有很大的贡献"外，希望"更加紧密地和现实生活配合起来"。论文有杨嘉昌（杨可扬）《木刻艺术今后发展的方向》，梁永泰的《苏联的版画和克拉夫钦科》，野夫的《生产艺术的实践问题》及《全国木运大事记》。同时还发表由重庆转来延安解放区古元、力群的木刻作品，以及苏联与德国的版画，这些作品在当时的国统区是很难看到的，弥觉珍贵。还附有悼念罗清桢、万迪思的特辑。这本期刊是在好多艺友捐助九千元后才付印的，而实际印刷费却需要一万五千元。为此编者希望各界热心人士慷慨解囊，弥补差额。画稿是由作者邮寄木刻原版直接上机印刷的，因为战时的闽北连铜锌版的制作条件也不具备。

太平洋战争爆发以后，抗日战争进入更持久更艰苦的阶段，武夷山下崇溪边的赤石镇，集中了全国合作社物品供销处东南分处所属的印刷厂、肥皂厂、毛巾厂、香烟厂、木刻厂，还有合作医院和中国茶叶研究所。茶叶研究所是早已在此落脚的单位。由于战时交通阻滞，武夷山名茶外贸内销都受影响。茶研所决定编印《武夷山的茶与风景》一书，用以宣传名山与名茶。稿成后，觉得不可无图，于是商请我刻作插图。文图作者同去茶场及景点收集素材，创作了《梯式茶园》、《流香涧》等套色木刻12幅。除供插图外，"木合厂"准备另出24开方形画集，每幅都加景点说明。由于套色彩印需用较白并有一定厚度的纸张，正在为难之际，巧遇野夫相识的从事纸业经营的王士方，他看了版画原作，颇为赏识，愿意供给洁白的闽产道林纸，并任画集的发行人，只需提取部分成品抵偿纸款，于是《武夷的山、水、茶》得以在1944年4月顺利出版。合作医院鉴于茶研所以出版物开拓业务宣传，也请杨可扬刻作宣传医疗和保健为主题的套色木刻一套，以安怀笔名出版了《民族健康》画集。木刻界的情况和木合厂所做的工作，要让社员和木刻爱好者知道，又决定编印8开铅印的厂刊《木合》，以沟通信息为主旨，也发表一些木刻作品。

在建阳的战地图书出版社保存着前线日报《星画》副刊上发表过的许多宣传抗战的漫画和战时生活素描的锌版，这些作品大多出自张乐平、章西崖、麦非、叶冈、顶苦、特伟、高龙生、廖冰兄、徐甫堡等人的手笔。图书社愿作为《新艺丛书》的一个品种合作出版。野夫设想利用印刷厂的白报纸纸边零料印成画册是会受欢迎的，即由可扬选编，把抗战漫画辑为《爱与憎》，将描写现实生活中形形色色的素描编成《万象集》，后因受现成的纸张大小以及原有锌版面积的制约，无奈只得打乱原定计划，按照大小锌板迁就现用纸张，印成两本小画册。在荒芜的战时出版园地里，这些画册的发行，很能适应社会需求，在短时间里就售完。这一信息又促使《新艺丛书》开拓出版16开的《活页画帖》，收集荒烟、鸣冈、野夫、可扬、克萍等的套色、单色木刻原版上机，单张印刷。更为珍贵的是，重庆中国木刻研究会王琦提供的一组苏联版画，如《列宁在战车上》等现成锌版，精印后拓以土黄衬纸，合装成套，尤为战时美术出版物增添光彩。相继出版的《新艺丛书》还有唐英编著的《中国现代木刻史》，可杨的《新艺散谈》，老一辈木刻家陈烟桥的《鲁迅与木刻》。

当时的艺术院校，还没有设立版画课系，学习木刻主要靠自学。针对这一情况，决定编写通俗易懂的学习木刻创作的技法书——《给初学木刻者》。野夫曾于1939年在浙江办过木刻函授班，有指导初学者的经验，负责供给材料和校订；我负责选刻插图和封面设计；可杨执笔编写，分工合作，全书分七章，前三章叙述新兴木刻艺术的特点、分类、刻作和拓印的工具与技法，以及透视、构图、素描速写等的基础实习；四至六章列举图例叙述木刻刻作的过程，如起稿、黑白处理、刀具性能、套色木刻的制作、拓印技巧等；第七章写了生活与创作的关系。32开本86面，用福建报纸印刷。这对木刻青年和后由木刻协会举办的木刻函授班学员发挥了辅助作用。

书刊、木刻刀具的销售发行，唯一的渠道是邮寄，每天的工作是非常繁重的。而最为尖锐的，深受币值下贬与物价上涨的煎逼，"木合厂"始终处在极为困难的情况下挣扎生存，我们过着日出而作，日落而息的原始生活，一般都是在桐油灯下度过晚间生活的。

人们说这是惨淡经营，的确也是够切实的了。要生产木刻刀具，要出版木刻书刊，首先是人员与资金的问题，铁工是野夫从温州远道请来的，从制作生活刀具改制精巧的木刻刀，需要说服、培训；山区多疟疾，健康上要照顾。开始曾得到"全国合作社物品供销处东南分处"负责人陈仲明的支持，拨给一笔辅助资金；又通过发展社员征集到一些股金；在产品供销中也取得一些微薄利润，除付给职工的低度生活费外，再要出版书刊确实要有一股艰苦创业的精神。野夫去担任印刷厂厂长，也主要是为了利用这个有利条件，可是由于"木合厂"本身经济基础薄弱，往往是在书刊发行时才付印刷费，或利用印刷厂零料纸边减低成本，或征得纸商的资助，以成品抵付纸款出版。在这样艰苦条件下出版了这套《新艺丛书》，又先后为中国木刻研究会、中华全国木刻协会印刷出版了四期《木刻艺术》，野夫和可扬是做出了一个艺术家和木刻运动家的卓越奉献的。

1944年，日本鬼子打通了平汉路，又进攻湘桂以后，东南与大后方交通阻塞，邮路更为困难，赤石邮局拒收邮包，这给"木合厂"以致命打击，被迫改变产品，裁减员工，紧缩开支。野夫委派印刷厂的业务人员和我去当时福建省的中心城市建阳设立印刷厂与"木合厂"联合营业部，企求开展业务。当时暨南大学也在建阳，俞剑华教授与爱好美术的青年学生组织成立《草草刻画社》，邀我任导师，这一阶段是"木合厂"面临最困难的时期了。

1945年8月，日本宣布无条件投降。次年春季，合作印刷厂由上级决定迁往南京。在赤石已经改称为中国木刻用品合作工厂，决定随东南分处迁至上海，暂在东大名路65号3楼落脚。野夫继续主持印刷厂，常在南京，但仍参加"抗战八年木刻展览会"的筹备工作，并为在上海由中国木刻研究会改选成立的中华全国木刻协会及配合"抗战八年木刻展"，恢复出版会刊《木刻艺术》新1号与新2号。在1946年8月15日出版的新1号上发表了李桦的论文《木刻是人民大众的艺术——紧握刻刀参加到人民大众的民主斗争中去》，王琦的《木刻艺术与民主运动》，野夫撰写的《中国新兴木刻艺术运动的新转机》，报道了各地木刻同志集中上海的首次大会纪要。同时刊出"抗战八年木刻展览会"作品征集办法及"木运动态广播"等。新2号于9月15日出版，封面画为可扬的木刻《学府鬼域》，内有以"全木协"名义发表的《木刻工作者在今天的任务》文告等。

《新艺丛书》的最后一本是由冯雪峰翻译的《现代欧洲艺术思潮》。对立体派、达达主义等作了具体的介绍、分析和批判。可扬设计封面，32开本，172面，是《新艺丛书》中最厚的一本，1946年在南

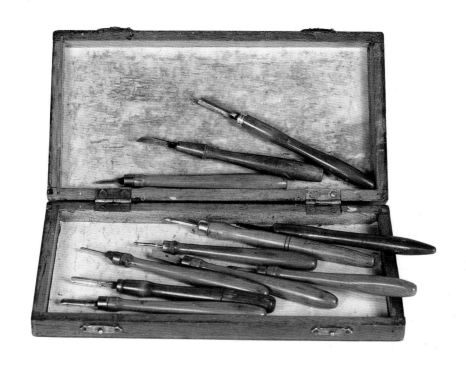

赤石"木合厂"生产的木刻刀

京的东南合作印刷厂印刷，"木合厂"发行。此外，还利用合作印刷厂的条件，出版过李桦的《水墨画选》，葛克俭的《药》的木刻插图等。1947年下半年，野夫辞离印刷厂，回到上海继续主持木刻用品合作工厂，直到1949年上海解放。

野夫同志已经远去了，他生前为木刻运动做了许多工作，留下不少业绩，就我所知，在抗战期间的赤石镇上是他一生中最有贡献的闪光点，值得纪念。经过多方觅取资料，写成此文，表示笔者对他的敬意与悼念。

1990年10月于上海

武夷山下

杨可扬

木刻

1944年

邵克萍艺术生涯二三事

杨可扬

"邵克萍从艺55年画展"于1995年12月初在上海美术馆开幕时，我却生病住在医院里。但一想到我和克萍同志几十年来的交往情谊，在他举办个人画展，我竟不能到场参观，祝贺，实在是一件令人感到遗憾和内疚的事。好在当时病情已有好转，我就向医生说明了理由，要求准予请假半天，医生倒也同意了，于是我准时赶到会场。这时新老同行，亲朋好友已把展厅挤得满满的，我抓紧时间，对一百二十余幅作品浏览了一遍，我发现整个画展的陈列布置格局，很体现了邵克萍的性格和要求：从序画到附件，分类排列，有头有尾，就像做一篇学术论文。

克萍同志的工作和生活，一向富有规律，也极认真踏实，归纳起来，我可以分三个块面，即：严肃的创作态度，敬业的事业精神，规律的生活习惯。首先，我认为克萍是一位严肃的版画艺术家，几十年来一直沿着现实主义道路走过来，不论在抗日战争和解放战争的艰苦岁月，还是在和平建设和改革开放的火红年代，他在版画创作上，始终以时代使命感和社会责任心要求自己。对每一件作品，他总是尽可能赋予积极的思想内涵，把自己的切身感受和主观愿望通过一定的题材和形式的载体，让观众和读者能够从中得到更多的，有益的东西，或揭露批判旧社会，或讴歌赞美新生活，克萍在作品主题的深化上，是很肯动脑筋的、下功夫的，甚至连一个标题 也要反复考虑 。我们从展览的四幅序画（四十年代的《街头》、六十年代的《围垦之歌》、八十年代的《激流勇进》、九十年代的《南浦建大桥》）所代表的四个 不同年代的现实生活和艺术创作 ，就可以鲜明地看到作者的艺术轨迹和

2006年，杨可扬在拓印版画

1994年，杨可扬与邵克萍合影

探索前进的道路。我们在一起时，他就常常提醒我关于这方面的问题，不忘记新兴版画作为武器和工具运用的任务。他在解放前所作的《夜阑人静》、《街头》，解放初期的《浦江晨妆》和《不让它吹倒》等等，就是这方面的代表作品。

在《街头》中，我们看到一只胖墩墩的小狗，裹着厚厚的棉筒，跟着主人招摇过市，而近处突出了一个衣衫褴褛的流浪儿，蜷缩在凛冽的寒风中……强烈而又现实的活生生的对比，给人一种震撼心灵的力量，而《浦江晨妆》则全然是另外一种意境：在晨曦中，一列长长的拖驳船迎着浦江早潮顺流而下，在近景的一条船篷上置放着几盆生意盎然的盆栽花卉，一名船工正在给它们浇水。这一小小的细节，点出了船家的生活情趣和精神境界。这是一幅完美的又具有时代气息的好作品。此外，像《不让它吹倒》以及《拾到五分钱》等，由于作品的教育意义突出，曾先后被移植为大量发行的月份牌年画，说明了克萍对艺术的社会功能的关注。

几年前当上海南浦大桥工程刚刚启动时，克萍就紧紧抓住这个题材不放，并多次到工地现场参观体验，收集创作素材，然后反复构思起稿，又认认真真地刻印，终于把南浦大桥工地上夜以继日的热烈场面和气氛充分地反映了出来。功夫不负有心人，《南浦建大桥》终于在"第十届全国版画展"上获得了银牌奖，为上海版画创作争了光。

其次是敬业的事业精神。克萍一辈子热爱版画艺术，也热心版画事业。他除了勤奋地创作版画作品外，还以大量的时间和精力从事和关心版画的各种活动，如生产供应木刻用品，木刻书刊以及辅导木刻青年等。其中特别使我钦佩的是他几十年来一直十分细心地收集，保存有关版画的资料和史料，这是做学问，研究问题必不可少的基本功，如果平时不做有心人，临时是难以办到的。我就缺乏这方面的功夫，因此，常常遇到要什么却没有什么的窘境，这时候我就想到克萍并向他求援，而他总能基本上满足我的要求。比如去年纪念世界反法西斯战争胜利50周年时，上海鲁迅纪念馆召开座谈会，要我介绍一点木刻与抗日宣传的情况，克萍就把郭沫若先生参观《抗战八年木刻展》后当场写下的热情洋溢的意见全文，与内山完造先生谈话的大意以及叶圣陶先生文章的简要内容抄告给我，从而木刻艺术在八年抗战中的影响和作用有了社会权威人士的客观评价，这也大大充实了我的发言内容和质量。

此外，克萍还保存着上海解放前夕我们秘密为"上海人民保安队"刻制的"关防"原拓印模，由于他的精心保存，后来才能提供给革命历史博物馆作为革命文物而被永久收藏。1949年元旦时，为了迎接上海解放，上海部分版画家创作了一批木刻贺年片放在南京路伊文斯外文书店销售，当时贴在橱窗里的一张海报也被克萍有心地保存下来，后来在《中国新兴版画50年文集》中作为实物资料而刊印出来。他还保存有木刻合作社时期的社员证以及有关木刻版画方面的报刊资料等等。这些，使得邵克萍近些年来有可能写出多篇有根有据的新兴版画史料性的文章，特别是为《上海地方志》编写的两万多字的《上海新兴版画史》，叙述最为翔实，为版画事业立了一功。同时他还总结了长期以来的自学和创作经验，又博采众长写成《木刻的实习与创作》，出版后获得好评。

第三是有规律的生活习惯。克萍勤奋惜阴，他的日常生活很有规律。什么时候起床，什么时候练功，什么时候工作，什么时候穿插看报读书，养花休息，对时间的安排井井有条，就是出差在外地，也不大改变。这种有板有眼的生活习惯，的确给他的健康带来了很大的好处。记得他在70年代时，身体条件相当差，后来他接受了"练功十八法"，情况就逐步改善。克萍有个脾气，只要他认准了事情，就会锲而不舍去做。果然几年下来，许多病痛消失了，精力充沛了，头发乌黑了，大有返老还童的样子。因为他尝到了甜头，特别是练功十八法，就不断地向我宣传，并形成了他的一句名言："8-1=8"，意思就是一天工作八小时，每天拿出一小时来锻炼，看上去好象减少了一个小时，但是精神饱满了，七小时的工作时间，照样可以达到甚至超过八小时的工作效率，而且既不影响工作，又增强了体质，何乐而不为。他意识到争得健康，也就是争得时间，可为完成晚年想做的工作创造条件，因此至今仍能继续版画和中国画的创作。他在艺术上的求索也是如此，他认准了现实主义是广阔的大道，就一辈子坚持实践，不见异思迁，随波逐流，长期辛勤耕耘，孜孜以求。

以上是邵克萍同志给我印象最深刻，也是最突出的三个方面。过了年，他就实足80岁了，在这里我祝愿他健康长寿，艺术常青。

1996年9月

回忆野夫

杨可扬

野夫姓郑，浙江乐清人，是我国最早的老木刻家之一。野夫这个名字我较早就知道了，而且后来还偶有通信，但直接见面认识，却是在1940年的冬天。当时我在浙西一家《民族日报》社任编辑。由于报纸办得"不合时宜"，1940年的9月间，编辑部被迫改组，我和部分同志离开浙西到了金华。本想在金华找个新的工作，可是两个月下来，消息毫无，于是决定到温州去。在去温州的途中，路过丽水时我去看了野夫，那时他正在办着"浙江省木刻用品供给合作社"，见面后，硬要我留下来一起搞，我想我去温州也并没有事先联系好的工作，也就同意留下来了。

"木合社"有铁工，木工及工作人员六七人。野夫自己却在一家省级的合作供销处任职，具体工作是为他们刻作一本《中国合作运动画史》，但他主要的时间和精力却放在"木合社"上面，一面监造木刻刀具，一面编印木刻书刊。记得我到"木合社"时，他正忙于修订重版《怎样研究木刻》的技法书，同时又为第一期战时木刻函授班的结业而编印一本纪念册——《铁笔集》，此外还编着一种业务刊物《木合》及木刻画集《旗》、《号角》、《战鼓》、《铁骑》等。

我到"木合社"后，主要参与编辑方面的工作。首先是与野夫一道着手筹划《木刻艺术》的创刊，而且很快的第一期就问世了，16开本，图文并茂，在战争年代里可算是一本相当像样的艺术杂志了。但第二期发稿后，因遭敌机轰炸，稿件大部分散失，再加上经费关系，就这样夭折了。

说到经费，木刻合作社一直处在十分困难的情况下，这也正是一个小小的生产木刻用品的组织为什么

郑野夫

搏斗

黑白木刻

要挂合作社招牌的原因。原来合作社可以接受消费者的股金，同时又可以免缴营业税。其实社员股金是很有限的，于是野夫也就巧立了个名目，叫做赞助股，向非直接消费者募集股金。为了维持"木合社"，他常常像和尚化缘那样向来访的亲朋要求入股出钱。但就是这样，也并没能改善困难的经济状况。记得我进社不久的一天早晨，铁工们已生起炉子，准备烧稀饭的锅子已烧开了水，可是七八个人早餐的米还没有着落，于是我只好一清早到朋友处借来几块钱，临时解决了"等米下锅"的困窘。

到了1941年的夏天，敌机对小小的丽水县城开始了轮番轰炸，"木合社"被炸毁了，铁工木工们解散了，野夫也随着东南合作供销处在江西上饶的筹建而去了上饶，我则留在浙江。后来，木刻合作社在上饶恢复，并改名为东南木刻用品供给合作社。1942年日寇进攻浙赣线，上饶沦陷，"木合社"就像一棵寄生草那样，又随着野夫工作单位的转移而迁设福建崇安赤石，这时又改名为中国木刻用品合作工厂，不知什么时候开始，野夫奉命筹建东南合作印刷厂，并担任厂长。只记得从1944年初起，野夫曾接连不断给我写信，描述那边情况如何如何好，已经办起了印刷厂，又有了画室，武夷山的风景怎么优美……总之一句话，希望我马上去福建赤石。我当时在浙江的处境也不好，于是我4月初去了福建。

木刻工厂招牌很大，其实规模依旧，仍然是那么几个人，只是新增了一个合作者邵克萍，但身边有了印刷厂，却是大为有利的条件。记得我到赤石后不到一年半的时间里，编辑出版了不少木刻书刊，除《木合》和《木刻艺术》的复刊外，又编印了一套《新艺丛书》，有陈烟桥的《鲁迅与木刻》，唐英伟的《现代木刻简史》，可扬的《新艺散谈》。野夫、克萍和我合作编写的《给初学木刻者》和木刻画册《武夷的山、水、茶》、《民族健康》以及木刻画集、画片等，这些书刊都是在野夫为厂长的印刷厂里印刷的，至于这些印刷费如何支付，我就不得而知了。但木刻厂的经济状况，却没有什么新的改善，还是常常为柴米发愁，野夫有时不得不把自己工资的一部分贴补进去。记得有一次，印刷厂要派人去江西采购一批物资，说是可以拿到一笔佣金。野夫动了这个脑筋，希望取得采购员的同情与支持，能够把这笔佣金提供给木刻工厂作为资金，他同意了。于是临行前夕，我们特地请他吃饭饯行，可是一去几个月，不仅没有弄到资金，甚至把采购的本钱也花光了。

虽然这样，大家的心情还是很愉快的。本来野夫有好长时间不搞木刻创作了，这期间倒不断刻出新作来。同时，我们又常常自得其乐地设想，抗战胜利后，怎么把木刻工厂搬到西子湖畔风景区去，一边生产木刻用品，出版美术书刊，一边办画室，好好地画画、创作……后来日本无条件投降了，十月下旬，我果真带着美丽的愿望，提前离开赤石到杭州去了，希望能弄到一点房子。当然房子有的是，可轮不到我们，结果只好望湖兴叹，不得不在杭州另找吃饭的地方。

木刻工厂还是像寄生草一样，1946年夏天，随着东南合作供销处搬迁上海，也到了上海，在供销处（台湾银行）的三楼角落里揩了半间房子的油，作为工作地方，后来全国木刻协会改组成立后，又合在木刻工厂里一起办公。但野夫主持的合作印刷厂却迁在南京。虽然彼时分处宁沪两地，但仍借助合作印刷厂的方便，印制了一些木刻书刊，如先后两期《木刻艺术》和一些配合《抗战八年木刻展》的宣传品，后来又出版了李桦的木刻集《怒潮》，葛克俭的《药》木刻插图及冯雪峰的《现代欧洲艺术思潮》等。

1947年下半年，野夫脱离印刷厂来到上海，集中精力从事木刻工作。这期间他除了直接经办木刻工厂的业务外，还创作了《泛区难船》、《抢棉花》、《要饭吃》、《看他们飞到哪里去》等木刻作品。上海解放前夕，他接受地下党组织的布置，组织部分木刻家秘密创作了一批迎接上海解放的木刻传单等。

我和野夫直接共事的时间并不长，但他认真踏实甚至忘我地致力于木刻运动的精神，却给我留下了难忘的印象。野夫同志在中国木刻事业上的贡献，是值得我们钦敬和怀念的。

1980年8月

武夷山老照片

建国前崇安城全景

水帘洞

天心岩

五曲

玉女峰

大王峰

晒布岩

民国时期铸铁作坊

崇阳溪放排

建于清代的馀庆桥

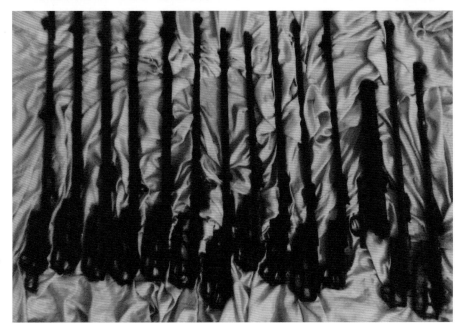

1942年赤石暴动
新四军将士撤离闽
北时埋下的武器

赶集

卖饼

再版后记

邵克萍

在抗日战争时期，原在上海的木刻家郑野夫、杨可扬和邵克萍，为开展战时木刻运动，先后来到福建崇安赤石镇，经营木刻用品合作工厂。我们和仅有的五六个铁工与木工，共同刻苦钻研生产高质量的木刻刀和拓印工具，通过邮寄供应全国木刻作者，投入抗战救亡运动。同时还编印出版《新艺丛书》，如《鲁迅与木刻》、《给初学木刻者》（技法书）以及选辑优秀木刻作品印成活页画帖，供给木刻青年自学参考。并遵照鲁迅先生对新兴木刻的教导，辅导初学木刻者的创作，以求发挥木刻艺术的战斗作用。从1942年坚持到1945年抗战胜利，为开展木刻运动做了一些实际工作。

在工作之余，我们也游览武夷九曲，欣赏祖国的大好河山，留下深刻的印象。

同在赤石镇上的茶叶研究所，他们为宣扬武夷山自然风景和岩茶的特色，编写了《武夷山的茶与风景》书稿。稿成觉得不可无图，编写者就邀约邵克萍同游富有特色的武夷景点和产茶的自然环境，边看边谈边速写，收集素材，并要求刻成木刻，以便原版上机印刷。终于在业余时间里完成十二幅木刻。供给书稿插图外，尚有余图，野夫兄认为大好河山，景色宜人，激励我修改后印成《武夷山水茶》画册千余本，并被编入《新艺丛书》。出版后确为读者喜爱，很快就销售完了。这是上世纪四十年代的事，想不到时至今日，欣闻武夷山市领导提出再版此画册。我喜应这一建议，马上翻阅存稿，多数原稿尚保留着，仅"大王峰"、"名丛大红袍"等找不到了，于是依据出版物略作调整，绘成画稿补充成册，以应再版。

当年叶作舟先生撰写的序文和每幅画面的说明，对画册增色不少，保留于再版中。

这些木刻稿是六十五年前业余完成的，并为书稿内容所限，仅为武夷自然风景中的一部分，今天看来，大可开拓发展。希望美术同道们发挥各自艺术擅长，抒写武夷"山水兼胜"的壮美景象，描绘祖国的大好河山。

写于2008年5月

再版后记

在抗日战争时期，原在上海的木刻家郑野夫、杨可扬和邵克萍，为开展战时木刻运动，先后来到福建崇安赤石镇，经营木刻用品合作工厂。我们和仅有的五六个铁工与木工，共同刻苦钻研生产高质量的木刻刀和拓印工具，通过邮寄供应全国木刻作者，投入抗战救亡运动。同时还编印出版《新艺丛书》，如《鲁迅与木刻》、《给初学木刻者》（技法书）以及选辑优秀木刻作品印成活页画帖，供给木刻青年自学参考。并遵照鲁迅先生对新兴木刻的教导，辅导初学木刻者的创作，以求发挥木刻艺术的战斗作用。从1942年坚持到1945年抗战胜利，为开展木刻运动做了一些实际工作。

在工作之余，我们也游览武夷九曲，欣赏祖国的大好河山，留下深刻的印象。

同在赤石镇上的茶叶研究所，他们为宣扬武夷山自然风景和岩茶的特色，编写了《武夷山的茶与风景》书稿，稿成觉得不可无图，编写者就邀约邵克萍同游富有特色的武夷景点和产茶的自然环境.边看边读也速写,收集素材,并要求刻成木刻,以便原版上机印刷,终于在业余时间里完成十二幅木刻.供给书稿插图外,尚有馀图,野夫兄认为大好河山,景色宜人,激励我修改后印成《武夷山水楚》画册千馀本.出版后确为读者喜爱.很快就销售完了.这是上世纪40年代的事.想不到时至今日武夷山市领导提出再版此画册.我喜应这一建议.马上翻阅存稿,多数原稿尚保留着,仅"大王峰"、各横"大红袍"找不到了,於是依据出版物略作调整绘成画稿补充成册,以应再版。

并被编入《新艺丛书》

（欣闻）

（笋）

当年叶作舟先生撰写的序文和每幅画面的说明.对画册增色不少.保留於再版中。

这些木刻稿是65年前业馀完成的.生为日稿内容所限,仅为武夷自然景色中的一部份.今天看来,大可开拓发展.希望美术同道们发挥各自艺术擅长,抒写武夷"山水兼胜"的壮美景象,描绘祖国的大好河山。

（的）

邵克萍写於2008年5月

再版后记手稿

编辑手记

龚云表

近几年来，我陆续在武夷山参与策划组织了几次艺术活动，使我得以有机会在武夷山结识了许多新朋友，也很自然便与武夷山产生了感情，这种感情又随着活动的进行而不断加深。在我结识的新朋友中，就有武夷山市委宣传部部长郑春。我在与一起到武夷山去的艺术家们闲聊时，郑春是大家经常议论的对象，他的文化素养和工作风格都给我们留下了深刻的印象。我们之所以非常乐意选择武夷山举办艺术活动，在很大程度上，与郑春热情的待客之道和敏锐的文化眼光有关。

两个月前，我在上海接到郑春打来的电话，让我帮助了解著名老版画家邵克萍和杨可扬，六十多年前在武夷山从事抗战木刻运动的情况；据说当年邵克萍创作过一套题为《武夷的山、水、茶》的木刻作品，以及将这套作品出版了画册，不知现在还能否找到这本画册。郑春在电话中显得颇为激动，也充满期待。接到电话后我也十分兴奋，深感这是一件发掘历史、抢救史料、富有文化意义的好事，我自然是责无旁贷、义不容辞的。第二天，我便找到老朋友，也是版画家的上海大学美术学院徐龙宝教授，由他与两位老版画家约定时间，并在他陪同下，分别拜访了邵克萍和杨可扬。

邵克萍，浙江镇海人，生于1916年，今年已是92岁高龄。他曾任中国版画家协会理事、上海版画会副会长。杨可扬，浙江遂昌人，生于1914年，今年更已有94岁高龄。他曾任中国版画家协会副主席、上海版画会会长、《版画艺术》杂志主编。这两位已届耄耋之年的中国著名版画家，建国以后一直居住、工作在上海，长期以来，他们为上海乃至全国的版画事业做了大量的工作，作出了许多贡献。而鲜为人知的是，在上世纪四十年代初的抗战时期，他们还曾先后从江西、浙江两地来到武夷山，创作

邵老在指导拍摄"木合厂"
生产的木刻刀具

《武夷山水茶》木刻原作拍
摄现场

2008年4月采访邵老

木刻作品，生产木刻刀具，举办版画展览，出版多种画刊，进行抗日救亡运动和文化宣传工作。这是一段可歌可泣的光荣历史，值得后人永远记忆。我在1999年第三届上海艺术博览会上，曾邀请杨可扬、阳太阳和杨涵三位老艺术家，举办了一个名为"三杨（羊）开泰"的画展；2003年，在首届上海春季艺术沙龙上，我又策划了一个"'纪程'与'继程'——鲁迅与珂勒惠支·新兴版画·当代版画展"，其中就有邵克萍和杨可扬的作品。但是我却并不知道他们在武夷山的这段经历，因此我是抱着补上这一课的心情去拜访他们的。

邵老的听觉有些衰退，但精神良好，且思路依然清晰，谈兴甚浓。他对我们的到访十分高兴，知道了我们的来意，尤其显得兴奋。他为我们回忆起那段早已被尘封的岁月，当我问及他在六十多年前创作的《武夷的山、水、茶》时，令我惊喜不已的是，这些作品和画册居然还被邵老珍藏在身边。当我向他转告武夷山市委宣传部拟重新出版《武夷的山、水、茶》画册时，邵老动情地反问："现在还有人喜欢这些旧作品吗？那是我二十六七岁时的作品，我得好好修改加工一番……"尽管我们再三说明希望保持原作面貌，但他却执拗地不为所动，一再说明："我要为读者负责"。

我们对杨老的采访，是在上海第六人民医院的干部病房里进行的。半年前，杨老因患气管炎住院治疗，目前已基本康复，据医生说再住半个月便可出院回家。我们走进病房，只见他已坐在病床边的椅子上等候我们。杨老气色红润、精神矍铄，努力回忆着业已逝去的激情岁月。他的女婿、版画家张之虎知道我们要来看望杨老，也专程赶来，在一旁不时帮着杨老回忆。杨老在武夷山的时间不长，是从

2008年4月在医院采访杨可扬

与杨老合影，右一为上大美
院教授、版画家徐龙宝

采访杨老现场，左一为版画
家张之虎

1944年4月到1945年10月，但就在这一年多的时间里，却做了大量的工作，不仅举办木刻函授班，成立武夷画室和武夷歌咏队，主编《木刻艺术》杂志，而且还配合当时的武夷山合作医院的卫生宣传，创作了一套题为《民族健康》的木刻组画。这套版画原作，已与杨老其它早期作品和手稿一起，摆放在上海鲁迅纪念馆的新兴版画运动史料陈列室里。

新兴版画运动是由鲁迅先生倡导的，它的兴起，对于中国的文化艺术来说，有着划时代的意义。是鲁迅，在风雨如晦的年代用他的如椽大笔进行韧性的文学战斗的同时，又竖起了另一面大旗：版画！这场由鲁迅倡导发起的、旨在重振中国版画艺术的运动，在上世纪三十年代初诞生之时起，就深深扎根于民众生活和社会斗争之中，抗日战争爆发后，它更成为宣传抗日救亡的有力武器。一部新兴版画运动史，是一部艺术与社会斗争和民族解放相结合、艺术家与广大民众相结合的历史。它标志着中国艺术已进入了一个崭新的时期，这个新时期正是由新兴版画运动为代表的。这在抗战时期武夷山的木刻运动中也得到了最充分的体现，而杨可扬和邵克萍就是这一时期新兴版画运动的代表。正是基于这样的认识，在与郑春讨论后我们取得了一致的构想，要在再版重印的这本《武夷的山、水、茶》中，不仅尽可能的保持历史原貌，还应增加两位老版画家在武夷山时期生活工作的内容。为此，我们书中特意收入了他们在不同时期所写的四篇回忆文章。

为了帮助我们编好这本书，邵老以年迈体弱之躯，付出了巨大的心血和精力。他花了整整一个月的时间，修改了旧稿，撰写了重版后记，还一字一句地将原书上的序言和配图文字重新抄录了一遍。

为了让重版的新书更有光彩，也或许是为了纪念他与杨可扬长达大半个世纪的友情，邵老特地请杨老为本书重新题写书名。这里需附带一提的是，邵老在与杨老一起讨论后，决定将书名由原来的《武夷的山、水、茶》改为《武夷山水茶》，感到这样更为精炼扼要。我与徐龙宝教授一起前后三次拜访邵老，每次告辞出来，邵老都颤颤巍巍地一定坚持要把我们送到大门口。直到我们走远了，当我回过头去，只见他还在向我们挥手。这就是老一辈艺术家的风范，真是值得我们永远记取。

本书能得以顺利完成，与徐龙宝教授的鼎力相助是分不开的。他长期担任上海版画会秘书长，与邵老和杨老建立了深厚的友谊。他对重新出版《武夷山水茶》这本画册，同样投入了很大的热情。记得采访完杨老后从医院出来，我与他一起走在林荫道上，心情都显得颇不平静。徐教授感慨地说："老先生一生经历了多少艰辛啊，真不容易！而时间过去了六十多年，武夷山人还记得他们，这同样是不容易！"对此我也深有同感。在两位老版画家的心目中，那段历尽千辛万苦的艰难岁月，显得那样平常，似乎是在一挥手之间便过去了，这种鞠躬尽瘁、履险如夷的精神，正是当今的时代所应当大力弘扬的。而武夷山作为世界自然文化双遗产的所在地，它的深刻丰厚的文化底蕴，不也正是由这样的历史一点一滴积聚起来的吗！

在本书即将编辑整理完成时，收到了郑春从武夷山市档案馆搜集到的上世纪三四十年代武夷山地区的老照片。这些照片尽管多已涸漫不清，却保留下了历史的痕迹，弥足珍贵。将这些老照片收入本书，不仅为邵老的版画作品提供了一个生动的参照，也似乎是把那段业已消逝的岁月重新拉回到了今天，能够唤起读者对于过去的历史的一种怀念之情。这对于当下的人们来说，或许是不无裨益的。

2008年5月于上海

作品索引

大王峰

玉女峰

天游峰

文公祠

天心岩永乐禅寺

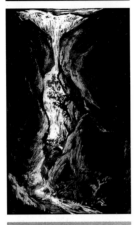

流香涧

水帘洞

鹰嘴岩